最新家装典范

天花 吊顶

Tianhua Diaoding

《最新家装典范》编写组 编

化学工业出版社

·北京·

编写人员名单：

刘礼平　李莲秀　林辉斌　闵江澜　李东辉
何志根　李永龙　许贵萍　郭　佳　叶　翔
夏源金　潘金泉　黄明宇　林　健　黄　金
严盛淼　马　律　李若虎　陈　荣　章　腾

图书在版编目（CIP）数据

最新家装典范.天花吊顶/《最新家装典范》编写
组编. — 北京:化学工业出版社, 2012.4
ISBN 978-7-122-13611-4

Ⅰ.最… Ⅱ.最… Ⅲ.住宅-顶棚-室内装饰
-建筑设计-图集 Ⅳ.TU7 67-64

中国版本图书馆 CIP 数据核字 (2012) 第 028426 号

责任编辑：林俐　王斌　　　　　　　　　　　　装帧设计：印象设计工作室

出版发行：化学工业出版社(北京市东城区青年湖南街13号　邮政编码100011)
印　　装：北京画中画印刷有限公司
889mm×1194mm　　1/16　　印张 5　　　　字数 50 千字　　　　2012年4月北京第1版第1次印刷

购书咨询：010-64518888（传真：010-64519686）　售后服务：010-64518899
网　　址：http://www.cip.com.cn
凡购买本书，如有缺损质量问题，本社销售中心负责调换。

定　　价：29.80元

白色吊顶中黑檀上的中式图案耐人寻味，黄色的灯光，让人倍感舒适。（设计／蔡进盛）
① 亚光砖
② 硅酸钙板吊顶
③ 黑色烤漆

客厅吊顶细柚木条做成工字形造型，底饰藤编纹墙纸，营造出东南亚风情。（设计／史南桥）
① 黑柚市条
② 黑藤编纹墙纸

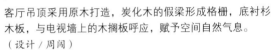

客厅吊顶采用原木打造，炭化木的假梁形成格栅，底衬杉木板，与电视墙上的木搁板呼应，赋予空间自然气息。
（设计／周闾）
① 炭化市
② 杉市板
③ 墙纸

藤编纹墙纸与细柚木条完美结合，打造质朴的吊顶。明筒灯给空间带来照明的同时，也点缀吊顶，增添视觉亮点。（设计／史南桥）
① 藤编纹墙纸
② 柚市条
③ 文化石

▲
娱乐厅吊顶延续了建筑本身的造型，白色木质立体格子不仅为空间增添趣味，也起到很好的消音、隔热作用。（设计／赵国华）
① 玻化砖
② 有色乳胶漆
③ 木造型刷白漆

▲
卧室有足够高的空间，因而采用塔式吊顶设计，拉抻空间的同时，营造出空间典雅的欧式气息。（设计／戴虎强）
① 红色墙纸
② 木条板刷白漆
③ 银镜车边

▲
吊顶的圆形造型延续了空间墙体的弧形结构，特色吊灯打造出具有趣味性的空间。（设计／杜国权）
① 复合木地板
② 柚木饰面
③ 白色乳胶漆

◄
过道吊顶用胡桃木装饰，弧形的造型增加空间的律动感，并营造出古朴自然的气质。（设计／张雪峰）
① 木雕花挂饰
② 白色乳胶
③ 胡桃木

"天圆地方"，顶面的圆形吊顶为空间增添了灵动的气息。见光不见灯的设计，简洁、内敛。（设计／凌子达）
1 复合市地板
2 壁纸
3 硅酸钙板刷白漆

吊顶的造型大方、时尚，特色的吊灯发出的灯光令居室更显温馨。（设计／马劲夫、赵克非）
1 仿市纹砖
2 软包
3 欧式角线刷白漆.

卧室吊顶采用尖顶设计，拉伸了空间高度。内藏灯带的设计，使空间更加温馨、舒适。
（设计／阎斐）
1 橡市饰面板
2 硅酸钙板吊顶
3 内藏灯带

吊顶采用简约的灯带造型，配以筒灯和吊灯，既满足了空间的照明需要，又与整体空间简约的中式风格相协调。
（设计／马劲夫、赵克非）
1 花梨市
2 抛光砖
3 白色乳胶漆

▲
过道的吊顶用相同的造型连续排列，使空间更加整
体；金色点缀在白色氛围中，尽显奢华大气。
（设计／张荣钢）
① 市造型刷白漆
② 墙纸

▲
白色吊顶上黑色调图案的装饰，现代与古典完美融合，令居室充满时尚与简约的气息，极具
品位。（设计／王胜）
① 玻化砖
② 密度板雕花
③ 手绘图案

▲
吊顶采用多层次的空间设计，配上筒灯，为整体空间注入现代感。
（设计／陈启承）
① 花梨市
② 墙纸
③ 白色乳胶漆

华丽的水晶吊灯以其特有的气质，为简洁的空间营造出古典的西式
风格。（设计／马劲夫、陈海燕）
① 大理石
② 壁纸
③ 白色乳胶漆

吊顶的弧线造型，丰富了空间的层次，木饰面与壁纸的装饰营造出安宁的睡眠环境。（设计／戴虎强）
①木造型刷白漆
②白色乳胶漆

餐厅吊顶深色的原木与白色调的杉木板形成对比，丰富了空间层次，呈现质朴、唯美、慵懒的空间气质。（设计／刘卫军）
①杉木板刷白漆
②深色实木
③白橡木地板

吊顶的蓝色与居室整体的色调相吻合，在灯带的照射下，散发出时尚、迷人的格调，营造出安静、平和的生活氛围。（设计／陈飞杰）
①白色乳胶漆
②仿古砖
③水曲柳饰面刷白

卧室吊顶采用传统的方法，四周吊顶，中间不吊顶，隐藏灯带的设计，使空间轻盈许多，也拉伸了空间高度。（设计／阎斐）
①硅酸钙板吊顶
②钢化玻璃

▶

木线条围合的造型加上壁纸的点缀，令居室温暖、舒适，红色的吊灯成为居室中的主角，活跃了氛围。（设计／马劲夫、赵克非）

① 复合市地板
② 柚格收边
③ 白色乳胶漆

▼

卧室吊顶用木线条打造成金字塔造型，视觉上放大空间。原木的材质散发出浓浓的东方气息，应和了整体的中式设计风格。（设计／陈志斌）

① 花梨市
② 实市地板
③ 墙纸

吊顶用中式花格点缀，与中式墙纸相呼应，营造了极具韵味的中式空间，充分体现了明代风格的简练与典雅。

（设计／阎斐）

① 墙纸
② 抛光砖
③ 市窗雕花

内凹的长方形吊顶与下面的条形餐桌在形状和材料上都形成呼应，圆柱形的吊灯线条简洁，与整体简约设计相协调。

（设计／Carlos Pascal, Gerard Pascal）

① 白色乳胶漆
② 黑檀

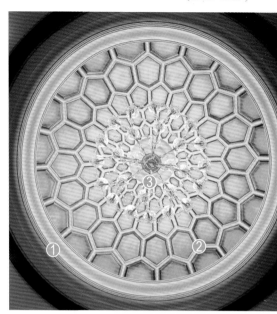

吊顶采用椭圆形设计，顶面贴壁纸，尽显高贵。与吊灯配合，拉伸了空间感，又充满了浓郁的欧洲古典风味。（设计 / 李行）

1 米黄大理石
2 壁纸
3 白色乳胶漆

吊顶的设计如同蜂窝造型，大大丰富了空间的层次和文化内涵。华丽的水晶吊灯，符合上流社会成功人士的生活品位。（设计 / 高伟兵）

1 石膏角线
2 木造型刷白漆
3 水晶吊灯

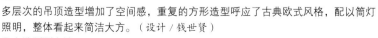

多层次的吊顶造型增加了空间感，重复的方形造型呼应了古典欧式风格，配以筒灯照明，整体看起来简洁大方。（设计 / 钱世贤）

1 木造型刷白漆
2 黄色乳胶漆
3 楠木家具

吊顶天花六边形造型，与地面圆形拼花中的回字形有异曲同工之妙，为整体稳重的居家环境增添细腻的情感。（设计 / 高伟兵）

1 欧式柱
2 大理石
3 木线条刷白漆

▲ 吊顶的圆形设计与整体墙面的造型及地面的马赛克圈边相呼应，使整体空间更加协调、连贯。（设计／林志辉）
① 马赛克
② 白色乳胶漆
③ 木饰面刷白

▲ 客厅吊顶造型简洁、大方，灯带与吊灯的灯光共同烘托出居室的精致与奢华。（设计／马劲夫、陈海燕）
① 大理石
② 软包
③ 镜面

▲ 吊顶的柚木装饰令空间多了几许自然的气息。（设计／黎生）
① 大理石
② 柚木
③ 白色乳胶漆

▲ 吊顶圆形的造型与餐桌相映成趣，柚木饰面与整体的风格相协调，吊灯衬托下的绿色植物为空间增添浪漫的气氛。（设计／黎生）
① 仿古砖
② 米色乳胶漆
③ 柚木饰面板

吊顶用黄色的壁纸装饰，加上灯光的照射，令空间金碧辉煌、时尚奢华。（设计／施炜）
1 壁纸
2 白色乳胶漆
3 铁艺栏杆

休闲空间以炭化木作为假梁装饰，中间部分以竹编饰面贴饰，
与下方的台球桌形成呼应，营造休闲气氛。（设计／钱世贤）
1 炭化市
2 竹编饰面
3 土黄色乳胶漆

整体的木饰面吊顶令空间更加温馨，梯形造型拉伸了纵向空
间，回形纹样耐人寻味。（设计／胡崴、殷艳明）
1 白色乳胶漆
2 市饰面

五彩斑斓的吊顶搭配特制的水晶吊顶，构成了室内雍容、典
雅的基调，打造出"新东方主义"风格的空间。（设计／陈翠）
1 白色乳胶漆
2 水晶吊灯
3 壁纸

▶
假梁吊顶既保留了原有的结构，又起到装饰美化的作用，柚木饰面为空间营造出自然的气息。（设计／康延补）

① 仿古砖
② 市饰面
③ 壁纸

▼
吊顶整体用柚木装饰，散发出迷人的魅力，与墙面的材质保持一致，打造出气派奢华的公共活动区域。（设计／黄志达）

① 仿古砖
② 市饰面
③ 墙纸

▼
金字塔状屋顶用木板拼花装饰，与垂下来的铁艺吊灯相呼应，带出浓浓的美式古朴情趣。（设计／李益中）

① 实市
② 榆市地板
③ 肌理漆

▲
吊顶采用简洁的粗木线条装饰，加上铁艺吊灯的衬托，使空间具有延伸感，营造出田园气息。（设计／蔡文亮）

① 柚市条
② 仿古砖
③ 白色乳胶漆

过道吊顶的圆圈造型充满了节奏感,别致有趣,给居室空间带来了温馨、浪漫的气息。(设计/吴苏洋)
1 白色乳胶漆
2 红橡木饰面
3 硅酸钙板造型刷白漆

圆形的立体吊顶有了筒灯的点缀,不再沉闷,精致的水晶吊灯成为空间里的主角。
(设计/吴苏洋)
1 玻化砖
2 木饰面
3 白色乳胶漆

长方形叠加构成简洁的吊顶,点缀红色吊灯,令餐厅弥漫着浪漫的气氛,红与白的碰撞,是激情与宁静间的对话。(设计/吴苏洋)
1 玻化砖
2 硅酸钙板吊顶刷白漆
3 钢化玻璃

餐厅吊顶造型与长方形的餐桌相一致,简洁、肃静,特色的吊灯,增添一份时尚的韵味。(设计/马劲夫、陈海燕)
1 水晶吊顶
2 镜面
3 白色乳胶漆

▶
过道吊顶采用中式窗棂格
装饰，为了避免空间过于
压抑，窗棂格采用白色调，
并内藏灯带，给空间带来
现代中式气息。
（设计／黄飞帆）
①中式窗棂格
②墙纸

▶
吊顶融合弧形造型与玻璃
镜面，中部圆形挑空灯带，
搭配华丽的吊灯，增加光
感与空间感，尽显高贵。
（设计／聂剑平）
①壁纸
②镜面玻璃
③白色乳胶漆

▲
温和的黄色搭配白色的梁构造型，增添了家的温馨；特色的
铁艺吊灯，展现出主人浪漫优雅的生活品位。（设计／洪斌）
①仿古砖
②白色乳胶漆
③布饰面

▶
过道吊顶菱形造型与地面拼花及墙面造型相一致，三维空间造型的统一，使得整体居
室空间更加协调。（设计／黄志达）
①大理石
②银镜车边处理
③白色乳胶

▲
黑镜、圆形吊顶、精致的水晶灯共同丰富视觉感受，虚实间活跃气氛。（设计／马劲夫、陈海燕）
①大理石
②黑镜
③白色乳胶漆

▲
原木装饰的吊顶，配以绿色植物的点缀，使得整体空间充满自然的气息，让人如置身乡村般美好。（设计／易文韬）
①仿古砖
②实市条
③盆景

▲
吊顶上规则的木线条，配上水晶吊灯特有的气质，让简洁的空间透露出古典的西式风格。（设计／陈翠）
①硅酸钙板刷白漆
②壁纸
③市线条

◀
正方形立体吊顶中的圆形设计与圆形的餐桌相呼应，整体的白色调与墙壁的黄色调共同营造出一个浪漫、舒适的就餐氛围。（设计／洪斌）
①仿古砖
②白色乳胶
③黄绿色乳胶漆

不同规格的柚木装饰吊顶，带来了温暖、自然的气息，也增添了空间的趣味性。（设计 / 徐德锋）

① 仿古砖
② 市饰面刷白漆
③ 白色乳胶漆

四根深色的原木在吊顶上阵列排序，为整体的暖色调带来一份沉稳的气息。（设计 / 钱世贤）

① 仿古砖
② 黄色乳胶漆
③ 深色实市

复合地板装饰吊顶，与地面保持一致，增加了空间的整体性，八边形的立体造型，增添了居室的趣味。（设计 / 洪斌）

① 有影慕尼加市
② 白色乳胶
③ 土黄色乳胶漆

圆形的吊顶用红色壁纸装饰，浪漫温馨；红色的吊灯搭配灯光，营造出浓郁的小资情调。

（设计 / 黄飞帆、祝艳芬）

① 市饰面
② 白色乳胶
③ 壁纸

杉木板覆盖整个吊顶，与整体的暖黄色调相吻合，打造出温馨、舒适的氛围。（设计／路明）

1 仿古砖
2 杉木板
3 榆木

过道空间吊顶和墙面采用浅色调，与深色调的木地板形成对比，吊顶的外方内圆的造型也吻合空间气氛。（设计／周光勇）

1 欧式线条刷白漆
2 米色乳胶漆
3 白色木线板

餐厅吊顶上柚木打造的"米"字造型，色调与整体氛围相协调，并且透露出一份华贵感。（设计／徐德锋）

1 仿古砖
2 白色乳胶漆
3 柚木实木

宽敞的卫浴间，吊顶采用欧式石膏线条装饰，强化空间典雅、大气的空间氛围。（设计／范轶）

1 啡网纹大理石
2 石膏线条

▶
白色的吊顶上原木色的线条装饰与周围的田园风格相协调，搭配铁艺的吊灯和栏杆，一起创造出休闲、浪漫的氛围。（设计／连君曼）
① 铁艺
② 柚木
③ 白色乳胶漆

▼
餐厅的吊顶用杉木板装饰，与整体设计风格相吻合，搭配蓝色的窗帘，令居室充满自然的气息。（设计／王品、张犁）
① 仿古砖
② 白色乳胶漆
③ 杉木板

▶
客厅空间的吊顶采用回纹造型装饰，中间以灰镜贴饰，四周饰以石膏线条，营造出现代气息。（设计／黄志达）
① 灰镜
② 欧式石膏角线
③ 白色乳胶漆

▶
白色线条夹灰玻的设计由墙面一直延伸到吊顶，丰富了视觉的层次，令空间得到了最大限度的延伸（设计／李增辉）
① 复合木地板
② 木线条刷白漆
③ 灰镜

吊顶的立体造型呼应了电视背景墙的设计，黑白色调形成强烈的视觉对比，成为空间的趣味中心。（设计 / 宋建文）

1 黑色烤漆玻璃
2 壁纸
3 白色乳胶漆

弧形的吊顶设计与整体的欧式风格相协调，精致的吊灯给华丽的居室增添了一份温情。（设计 / 杨翊）

1 石膏吊顶刷白漆
2 壁纸
3 铁艺吊顶

细长的杉市板装饰吊顶，配以同样纤细的铁艺吊灯，显得精致唯美。蓝色的纱质窗帘和木柜，搭配整体的白色调，使整体空间显得更为纯美浪漫。（设计 / 邓子豪、曾锦伦）

1 杉市板
2 铁艺吊灯
3 白色乳胶漆

餐厅吊顶上一个个正方形的格子有序地排列着，使空间变得生动时尚，整体的白色调符合了整体的新古典主义风格。（设计 / 史南桥）

1 玻化砖
2 白色市线条
3 镜面玻璃

▶

弧形的吊顶灯槽滤去了炫目的光影，只展现出柔和的灯带，整体的白色调使空间简洁、单纯。（设计 / 萧爱彬）
① 玻化砖
② 木造型刷白漆
③ 镜面玻璃

▼

吊顶以米色调为主，黑镜的适当点缀，为空间注入生机，避免过于单调。
（设计 / 宋建文）
① 大理石
② 壁纸
③ 黑色烤漆玻璃

◀

过道的吊顶用木饰面的正方形框架装饰，线面结合的设计丰富了空间的视觉效果。（设计 / 孙永宏）
① 玻化砖
② 白色乳胶漆
③ 柚木板

◀

吊顶上方中有圆的设计为空间带来律动的活力，特色的吊灯为整体氛围增添了几分灵气。

（设计 / 曾耀钧）
① 石膏吊顶刷白漆
② 灯带
③ 吊灯

▶ 吊顶的造型淡化了建筑本身的结构缺陷，暗藏的光源令环境更加整洁，斜坡的通透隔断活跃空间氛围，营造出温煦而又随意的意大利乡村风格。（设计／非空）
① 仿古砖
② 市造型刷白漆
③ 白色乳胶漆

▼ 吊顶由规则的六边形和正方形围合成一个特殊图案，如一朵开放的香荷；造型别致精巧的吊灯为空间增添了许多趣味。（设计／聂剑平）
① 复合市地板
② 墙纸
③ 橡市饰面刷白

▼ 吊顶的几何造型用棕红木装饰，竹子填满了上部空间，营造出一种清新婉约又古色古香的感觉。
（设计／邹志雄）
① 白色乳胶漆
② 柚市
③ 市饰面

▶ 客厅吊顶由造型不一的木格构成，底饰白色木板条，独特的造型丰富了空间表情，强化了空间氛围。
（设计／聂剑平）
① 墙纸
② 市板条
③ 市造型刷白漆

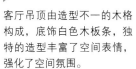

▶
吊顶用密度板雕花装饰，在灯带和吊灯灯光的映衬下显得轻灵通透；整体的银色调凸显出主人的优雅与品位。（设计 / 何华武）
① 密度板雕花
② 镜面玻璃

▼
杉木板饰面的吊顶，简洁、朴素；与藤编家具共同营造出一个自然、舒适的家居环境。（设计 / 虞汉悦）
① 杉木板
② 乳胶漆
③ 纱帘

玄关空间的吊顶以大面积的柚木饰面板装饰，点缀三盏筒灯，丰富了空间的表情。（设计 / 木水）
① 柚木
② 白色乳胶漆

▲
吊顶的淡黄色调与墙面保持一致，柔和、淡雅；圆形的造型呼应了门洞的设计，打造出精致、典雅的生活氛围。（设计 / 周光勇）
① 米色乳胶漆
② 白色石膏角线
③ 木饰面刷白

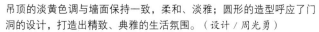

弧形的吊顶造型，打破了简约设计容易出现的单调，流动的曲线配以柔和的灯光，使空间的氛围通透畅达。（设计/萧爱彬）

① 玻化砖
② 白色乳胶漆

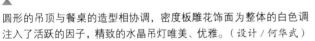

圆形的吊顶与餐桌的造型相协调，密度板雕花饰面为整体的白色调注入了活跃的因子，精致的水晶吊灯唯美、优雅。（设计/何华武）

① 爵士白大理石
② 白色乳胶漆
③ 密度板雕花

挑高的吊顶和特制的水晶灯让空间显得高贵、华丽，圆形的造型为原有建筑的八边形结构增添一份柔美与温馨。（设计/谭精忠）

① 壁纸
② 白色乳胶漆
③ 茶镜

走道吊顶设计拉伸了纵向空间，辅以灯光照射，古典与浪漫得到完美的结合。（设计/黄海平）

① 白色乳胶漆
② 玻化砖
③ 市饰面刷白

▶
一根根原木打造的横梁造型与地面大理石的拼花交相辉映，使整体空间舒适且浪漫。
（设计／刘彩霖）
① 杉市实市
② 大理石
③ 青砖

▼
吊顶用杉木板装饰，天然的材质营造舒适的自然主义空间。（设计／林煜毅）
① 复合市地板
② 墙纸
③ 杉市板

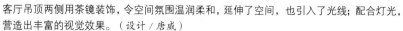

▲
客厅吊顶两侧用茶镜装饰，令空间氛围温润柔和，延伸了空间，也引入了光线；配合灯光，营造出丰富的视觉效果。（设计／唐威）
① 玻化砖
② 白色乳胶漆
③ 茶镜

▶
柚木的通透花格为吊顶，与白色布艺相互对比，简洁的造型和材质使整体气氛清新、纯粹又古典、优雅。（设计／刘卫军）
① 复合市地板
② 柚市实市
③ 壁纸

吊灯的造型与整体的中式风格相协调，点缀得恰到好处，吊顶上的圈边装饰中式花格，令中式韵味更加浓厚。（设计／王高丰）
1 实木地板
2 木花格
3 花梨木

吊顶半圆形的造型与地面的大理石共同营造出一个静谧的空间，凹凸设计丰富视觉效果，也弱化了原有建筑的缺陷。（设计／毛磊）
1 木饰面
2 玻璃
3 白色乳胶漆

吊顶上原木的造型弱化了建筑的梁构，有序的排列展现层次之美，中式的吊灯给简洁的居室带来古典的韵味。（设计／汪大锋）
1 复合木地板
2 白色乳胶漆
3 柚木

杉木板装饰的吊顶，给人一种素雅、温馨的感受；原木的运用大气稳重，打造出一个生态、自然，又极具异域情调的室内空间。
（设计／邓永彬）
1 肌理漆
2 榆木
3 杉木板

▲

吊顶用通透的中式花格装饰，再加上吊灯的衬托，使空间散发出浓浓的东方气息，成功打造出中式的氛围。（设计／王高丰）

①市花格
②墙纸
③白色乳胶漆

▼

吊顶上正方形叠加的造型，丰富了空间层次；中式的吊灯为整体的设计添彩；金镜的运用拉伸了空间。（设计／陈骏）

①玻化砖
②玻璃
③白色乳胶漆

▲

水景吊灯光彩夺目，成为视觉的焦点，整体的客厅空间高贵、精致。（设计／励时装饰）

①玻化砖
②市饰面
③大理石

具有中式韵味的花格装饰吊顶，朴实又厚重，让人产生幽古情怀。（设计／陈石楼）

①仿古砖
②白色乳胶漆
③市窗格

吊顶的木饰面与地面交相辉映，筒灯发出的微弱灯光，令空间更加温馨。（设计／朱剑峰）
① 复合市地板
② 白色乳胶漆
③ 市造型刷白漆

几何形状套叠的造型简洁大方，灯带发出的微弱灯光营造出一种舒适、休闲的气氛，三盏吊灯有序地排列着，为居室增添一份恬静、清凉和安逸。（设计／朱辉）
① 玻化砖
② 白色乳胶漆
③ 市饰面

吊顶上做旧的原木为空间注入了大自然的气息，黑色的铁艺吊灯为整体的白色调注入一丝活泼的气息，成为空间里的亮点。（设计／连君曼）
① 仿古砖
② 实市条
③ 水曲柳饰面

菱形木格压衬下的镜面，拉伸了客厅的纵向空间，让空间更加宽敞、简洁、明净。（设计／甘莉荔）
① 仿古砖
② 市线条刷白漆
③ 镜面

▶
树枝状的凹凸造型由墙面延续到天花，让人犹如置身于茂密的树林，打造了浪漫的空间氛围。（设计 / 邱培佳）
① 白橡饰面板
② 白色乳胶漆
③ 抛光砖

▼
吊顶上圆形的造型用冰裂窗格装饰，搭配深色的中式家具，传统气息扑面而来。（设计 / 陈晓玲）
① 柚市条
② 玻化砖
③ 白色乳胶漆

▲
简单的吊顶造型，特色的吊灯配上大面积的灯带，增加明亮度的同时也给空间带来简约的活泼感。（设计 / 刘克）
① 市地板
② 白色乳胶漆
③ 土黄色乳胶漆

▲
回廊吊顶采用木式屋顶结构，创造出自然又古典的气质，加上铁艺吊灯与灯带的衬托，彰显出古朴与大气。（设计 / 江辉旗）
① 仿古砖
② 墙纸
③ 原市

吊顶用原木装饰，嵌入式的筒灯韵味十足，搭配整体的暖黄色调，使空间自然、清新。（设计／张建）

1 啡网纹大理石
2 实市条

深色的木质花格令气氛古朴、宁静，整体的黄色调将中式风格演绎得淋漓尽致。（设计／徐广龙）

1 市窗花
2 黑檀市
3 墙纸

吊顶的古典主义装饰与地面拼花的中式纹样相碰撞，让空间既协调又有个性。（设计／叶戈）

1 大理石
2 镜面
3 密度板雕花

顶面的木制吊顶设计，结合明亮的灯带，展现西班牙风格的大方自然。（设计／张庭）

1 仿古砖
2 米色乳胶漆
3 原市

吊顶整体以白色乳胶漆饰面，突出了生活的温暖和自由，搭配带有花图案的沙发及红砖的墙面，营造出舒适、惬意、温暖的空间。
（设计／邹志雄）
①仿古砖
②红砖
③原市刷白漆

白色凹凸造型的吊顶既起到划分区域的作用，整体上又显得协调一致，与黑色的吊灯在色彩上形成强烈的视觉对比，丰富视觉效果。（设计／林金华）
①市饰面刷白
②白色乳胶漆

吊顶的弧形设计，摒弃俗艳炫耀式的奢华，呈现出独特的雅致和韵律感。（设计／周华美）
①玻化砖
②墙纸
③白色乳胶

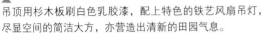

吊顶用杉木板刷白色乳胶漆，配上特色的铁艺风扇吊灯，尽显空间的简洁大方，亦营造出清新的田园气息。（设计／朱利）

1 白色乳胶漆

2 杉木板

3 仿古砖

吊顶的正方形造型有序地排列，与整体的新古典风格相协调，增加了空间的整体性，整个居室奢华又恬静。（设计／周光勇）

1 大理石

2 白色乳胶漆

半圆形套叠的吊顶为素雅的卧室空间增添一份趣味，射灯、灯带、壁灯及吊灯令环境更加明亮。（设计／刘莹）

1 墙纸

2 硅酸钙板刷白漆

3 暗藏灯带

吊顶用松木装饰，沉稳自然，搭配拱形的门洞和绿色的植物，提升了空间的品位。（设计／竺李佳）

1 松木做旧

2 铁艺吊灯

3 浅蓝色乳胶漆

▶
多层次的吊顶造型，搭配中部圆形的玻璃饰面和水晶吊灯，与餐桌相呼应，让整体空间散发出华贵的气息。
（设计／陈晓玲）
①木板刷白漆
②白色乳胶漆
③进口壁纸

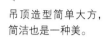

◀
吊顶造型简单大方，简洁也是一种美。
（设计／周骏）
①墙纸
②木饰面
③白色乳胶漆

吊顶的麻质墙纸透露出浓浓的泰式风情，原木材料带来清新自然的气息，特色的吊灯、斑驳的光影活跃气氛。（设计／马劲夫）
①柚木
②麻质墙纸
③肌理涂料

◀
餐厅天花四周吊顶处理，便于中央空调出风口的设置。吊顶的倒角处理、石膏角线和餐桌椅共同营造出欧式餐厅空间。
（设计／周涛）
①硅酸钙吊顶
②石膏角线
③玻化砖

木质吊顶区分了餐厅空间，与文化石隔断相呼应，使空间充满大自然的气息。（设计／左江涛）
1 仿古砖
2 文化石
3 橡木饰面

原木打造的假梁，为空间增添许多稳重，但沉稳中不乏温情；原始的材质透出一股夏威夷风情，清新柔和。（设计／林振中）
1 杉木板
2 白色乳胶漆
3 实木

餐区的吊顶延用客厅的榆木天花装饰，使空间具有连续性；空间上作了简单的层次变化，配上典雅古朴的吊灯，营造出温馨雅致的就餐环境。（设计／刘磊）
1 榆木
2 仿青石花砖
3 碎花布艺

廉价的松木板经过简单的加工，用做吊顶面层材料，营造出自然的气息，家居环境温馨又不乏个性。（设计／仪国卿）
1 松木板
2 复合木地板
3 白色乳胶漆

▶
吊顶造型塑造了井然有序的空间，异域风情的吊灯符合了整体的设计风格。（设计／马劲夫）
①仿木纹砖
②柚木
③木线条刷白漆

▼
整齐错落的白色吊顶与灯饰的不同组合，使整个空间更富有层次变化，将现代简约表现得淋漓尽致，让人感受到高雅与贵气。
（设计／刘威）
①硅酸钙板刷白漆
②玻化砖
③壁纸

◀
吊顶上的松木装饰沉稳自然，搭配拱形的门洞和绿色植物，共同提升了空间的品位。
（设计／竺李佳）
①松木做旧
②仿古砖
③铁艺吊灯

▲
吊顶的白与墙壁的黑形成对比，勾勒出清晰明快的层次关系，没有过多的造型装饰，塑造时尚、简洁的家居容颜。
（设计／王严民）
①硅酸钙板内藏灯带
②钢化玻璃
③黑色烤漆玻璃

简约的天花板勾勒出时尚、简洁、敞亮的空间气氛，没有吊灯的装饰，简约、典雅、内敛。（设计／赵越）
①白色乳胶漆
②花梨木条
③仿古砖

直线与斜线组成的不规则的吊顶造型，使原本安静的空间变得活泼跳跃起来，简约的同时充满了生气。（设计／张礼斌）
①木造型刷白漆
②玻化砖
③红色水泥漆

过道采用弧形造型，橘色灯带，犹如火焰，让空间变得热烈起来。（设计／段文娟）
①竹地板
②白色乳胶漆
③彩色挂画

规则的白色直线吊顶，增加空间的延伸感；搭配黑色的筒灯，把简约派发挥到极致。（设计／上官旻）
①亚光砖
②壁纸
③木线条刷白漆

▶
凹凸的吊顶用黑镜装饰，筒灯
灯光的漫反射令居室更加明亮；
黑白色调对比丰富了视觉效果。
（设计／谭精忠）
① 黑色烤漆玻璃
② 硅酸钙板刷白漆
③ 市纹大理石

▲
方正的吊顶与整体设计相协调，丰富的层次突出了现代感；搭配水晶灯，增加了光
影效果，将古典与时尚完美集合。（设计／金舒扬）
① 玻化砖
② 镜面玻璃
③ 白色乳胶漆

◀
餐厅的吊顶很简洁，出彩
的是特色的吊灯，成为整
体素雅的空间的点睛之笔。
（设计／朱利）
① 仿古砖
② 白色乳胶漆
③ 原市条

▲
原木装饰吊顶，体现空间的自然舒适，使人感到轻松，营造出
一个典雅、宁静的度假休闲空间。（设计／吕晓兵）
① 仿古砖
② 原市
③ 白色乳胶

▼
咖啡色的木饰面装饰吊顶，搭配家具及屏风，营造典型的中式风格的客厅空间。（设计 / 黄书恒 欧阳毅）
① 玻化砖
② 市饰面
③ 白色乳胶漆

▲
卧室的吊顶和墙面浑然一体，黑白线条的壁纸丰富了视觉效果；与床品相呼应，打造出安宁、静谧的空间氛围。（设计 / 刘卫军）
① 复合市地板
② 大理石
③ 墙纸

▲
吊顶和墙面的造型彰显欧式家居的大气，施华洛世奇的水晶灯令欧式风格的个性更加鲜明。（设计 / 黄志达）
① 复合市地板
② 墙纸
③ 市饰面刷白

◄
用榆木装饰吊顶搭配精致的吊灯，给空间带来清新自然的气息，给人一种明朗之感。（设计 / 上官旻）
① 老榆市
② 铁艺
③ 仿古砖

吊顶上"回"字纹样给空间带来素雅、禅意的韵味，特色的水晶吊灯为传统空间带来一份现代感。（设计／段晓东）
① 密度板雕花刷白漆
② 壁纸

原木线条将原有的梁构围合成圆形，与整体的暖黄色调共同营造出浪漫的氛围。
（设计／陈禹）
① 米黄色乳胶漆
② 复合市地板
③ 实市染色

木板与吊顶的完美结合，营造出多层次的餐厅吊顶，空间无限扩张的同时，带给人欧式田园的安静感觉。（设计／段晓东）
① 仿古砖
② 杉市板刷白漆
③ 柚市条

圆形挑空吊顶增加了空间的延伸感，铁艺吊灯丰富了吊顶的层次，使整个空间灵动起来。（设计／陈颖）
① 石膏角线刷白漆
② 墙纸
③ 白色乳胶漆

白色吊顶上凹凸的纹样图案连续地排列，显得时尚大气，塑造高雅的家居氛围，整个空间中都洋溢着一股浪漫优雅的异国风情。（设计／刘伟婷）
1 密度板雕花
2 茶镜雕花
3 白色乳胶漆

吊顶造型延伸到墙面作为搁板，增添了趣味性，蓝色的灯光让就餐环境富有情调。
（设计／季中华）
1 蓝灰色乳胶漆
2 市造型刷白漆
3 白色乳胶漆

因为房子处在红树林区，设计师利用花及大自然作为设计主题。
（设计／邓子豪、曾锦伦）
1 硅酸钙板刷白漆
2 黑灰色乳胶漆

造型简洁紫色的吊顶一直延伸到地面上，使空间充满流动感和时尚感。（设计／邓子豪、曾锦伦）
1 紫色乳胶漆
2 镜面玻璃
3 白色乳胶漆

餐厅的吊顶与墙面构成的弧形，让空间更加圆滑，圆形的造型设计配上垂挂的吊灯，为黑白色调的空间增添许多的情趣。（设计／张礼斌）
① 市造型刷白漆
② 黑镜雕花

卧室的吊顶和背景墙为一体的造型，简单、时尚；肌理漆的装饰为营造简约而不简单的典雅居室添彩。（设计／张礼斌）
① 壁纸
② 白色乳胶漆
③ 市饰面刷白

过道吊顶用金镜搭配木格装饰，倒映出的地面拼花，将大理石的高贵气质体现得淋漓尽致。（设计／张一良）
① 市线材条刷白漆
② 墙纸
③ 金镜

一列鱼骨天花配上灯槽，灯光变成流动的线条，照射宅内精致的建材，空间顿时变得时尚起来。（设计／郑秋基）
① 胡桃市
② 市线条刷白漆
③ 白色乳胶漆

白色木质花格装饰吊顶，简洁大方，令暖黄色调的空间更加规整。（设计／非空）
1 市线条刷白漆
2 黄色乳胶漆
3 白色乳胶漆

吊顶镂空钩花的造型与空间铁艺相呼应，造型简洁大方，铁艺吊灯彰显华贵。（设计／赵明明）
1 仿古砖
2 壁纸
3 铁艺吊灯

吊顶丰富的层次变化，与灯带的相互呼应，使整体空间明亮活泼。（设计／季中华）
1 玻璃
2 壁纸
3 白色乳胶漆

吊顶采用木线条，弱化了梁的不舒适感，丰富了天花吊顶，营造出田园风情。
（设计／荷芬、冯慧心）
1 西班牙复古砖
2 南方松实市
3 红砖

客厅吊顶的造型简洁大气，灯带与筒灯弥补了光源的不足，整体空间看起来简约现代，吊顶的造型体现了美式风格。（设计／洪茂杰）
①硅酸钙板
②市线条刷白漆
③壁纸

吊顶层叠增高的设计迎合了楼梯的拾阶而上的空间变化，灯带的灯光将简洁的造型映衬得更加唯美。（设计／区伟勤）
①硅酸钙板刷白漆
②玻璃
③壁纸

吊顶采用通透的中式花格，增加了视觉变化，刷上白色的乳胶漆，营造出优雅浪漫的现代感。（设计／林元娜、孙长健）
①密度板雕花
②白色乳胶漆
③黄绿色乳胶漆

餐厅的天花盖住了空调机的位置，水晶吊灯丰富了吊顶的光线变化，使空间富有层次感,增加了美观性。（设计／洪茂杰）
①硅酸钙板
②宣纸玻璃
③壁纸

餐厅的吊顶采用弧形设计，令气氛更加柔和，金箔饰面使整个环境氛围更为高贵华丽，打造出新古典主义风格。

（设计／吴金凤、范志圣）

1 大理石
2 壁纸
3 金箔

简单的吊顶，配上雕花灯座的精致吊灯，既简约大方，又不失高雅。

（设计／张紫娴）

1 抛光砖
2 艺术线板
3 天然石材

格局尽量营造开放、无障碍的视野，家具的配色则活泼而大胆，热情奔放的珊瑚红主墙与活力黄背墙的呼应，让人一进门就感觉到轻快愉快的气氛。

（设计／张紫娴）

1 麻纤编织壁布
2 硅酸钙板吊顶
3 镜面玻璃

钩花的板材吊顶，与筒灯和灯带一起，营造出多层次的空间感。

（设计／严晨）

1 黑金花石材
2 密度板雕花
3 大理石地板

▶
吊顶中通透的白色中式花格，柔化了多层次吊顶带来的视觉冲击，给中式的稳重赋予了西式的浪漫。（设计／林元娜、孙长健）
① 仿古地砖
② 艺术石砖
③ 红樱桃面板

▼
弧线的天花造型搭配灯带，好似初升的太阳，充满活力，营造出现代感。（设计／张紫娴）
① 麻纤编织壁布
② 玻化砖
③ 木饰面板

◀
松木吊顶搭配筒灯、绚丽的铁艺吊灯，共同营造出空间的田园气息。
（设计／丁荷芬、冯慧心）
① 南方松实市
② 特色吊灯
③ 复古花砖

▶
错落有致的吊顶，在不同光线的照射下，创造出千变万化的视觉体验，营造出自然奢华的氛围。
（设计／吴金凤、范志圣）
① 木地板
② 木板饰面
③ 白色乳胶漆

木质吊顶与电视背景墙相呼应，简单大方，打造让人倍感舒适、安静的田园风格的客厅。（设计／何华武）
1 艺术墙纸
2 仿古砖
3 水曲柳饰面刷白漆

吊顶上的金色装饰为新古典主义风格增添光彩，成就豪宅追求的气势与完美。（设计／吴金凤、范志圣）
1 大理石
2 白色乳胶漆
3 壁纸

吊顶用胡桃木造型，与墙面设计相呼应，令空间气氛显得传统、内敛。（设计／林济民）
1 复合木地板
2 白色乳胶漆
3 北美胡桃木

复杂的吊顶运用了多种形式的装饰，整齐的排列使吊顶尽显大气的同时不显杂乱；铁艺水晶灯彰显豪华与时尚。（设计／区伟勤）
1 大理石
2 硅酸钙板刷白漆
3 木造型刷白漆

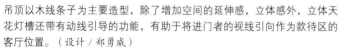

吊顶以木线条子为主要造型，除了增加空间的延伸感，立体感外，立体天花灯槽还带有动线引导的功能，有助于将进门者的视线引向作为款待区的客厅位置。（设计／郑勇威）
① 直纹橡市
② 橡市条染色
③ 亚光砖

吊顶用简单的线条装饰，彰显低调、文雅的空间气质，符合主人的气质及品味。（设计／张嘉芳）
① 硅酸钙板刷白漆
② 市柜
③ 实市地板

下沉式吊顶设计，与餐桌椅形成呼应，强化餐厅区域。（设计／孙圣皓）
① 抽象挂画
② 市饰面板
③ 抛光砖

弧形的吊顶简洁、时尚，白色的线条增添一份灵动，吊灯营造的斑驳光线，让整个空间充满意味。（设计／林卫平）
① 仿古砖
② 白色乳胶
③ 镜面菱形车边

吊顶采用八边形木造型，简洁大气，拉伸了纵向空间，杉木板饰面的颜色与整体的暖黄色调相一致，温馨又自然。（设计/汤剑锋）

①仿古砖
②白色乳胶
③米黄色乳胶漆

吊顶造型充分利用了建筑原有梁的造型，既弱化了梁产生的视觉不舒适感，又使空间更加整体、沉稳，整体的白色调令居室更加明亮。（设计/黄挺轩）

①玻化砖
②白色乳胶漆
③壁纸

吊顶"方中有圆"的设计雅致大方，呼应了整体的中式风格，表现出居住者的文人气质。（设计/林济民）

①大理石
②硅酸钙板刷白漆
③北美胡桃市

吊顶格子框架中的紫色调与背景墙面色调保持一致，使整个空间具有统一性，紫色调打造一个梦幻的世界。（设计/区伟勤）

①艺术墙纸
②软包
③市造型刷白漆

纯白色调的吊顶搭配亮银色的水晶灯，打造出空间雍容华贵的格调，彰显主人的大气。（设计／邹志雄）
① 仿古砖
② 壁纸
③ 白色乳胶漆

吊顶木格子冰裂纹图案与整体的中式风格相一致，在灯光的映衬下为居室增添儒雅的气息。（设计／李伟光）
① 墙纸
② 冰裂纹市格
③ 榆市家具

简单的吊顶造型增加了空间的延伸感，充分体现了现代简约的风格。
（设计／张德良、殷崇渊）
① 硅酸钙板刷白漆
② 抛光砖

吊顶采用多层次结构的不规则的欧式风格，白色吊顶搭配黑色吊灯，使整个空间看起来高贵大方。
（设计／谭精忠）
① 硅酸钙板刷白漆
② 水晶吊灯

简单的木线条错落有致，给人无限延伸的感觉，墙纸营造出古朴、奢华的氛围。
（设计／吴金凤、范志圣）
① 实市条
② 墙纸
③ 实市地板

吊顶装饰花草的图案，利用灯光的照射形成斑斓的光影，使空间充满趣味，令居住者忘记一天的疲劳。
（设计／戴国军）
① 皮纹砖
② 密度板雕花
③ 白色乳胶漆

吊顶和地面拼花均采用圆形的设计，配合灯光，营造出柔和又有生气的氛围。（设计／曾卓明）
① 大理石拼花
② 市线条

浅黄色的壁纸装饰吊顶的圆形造型，配以柔和的灯光，温馨、烂漫。木线条"米"字造型简洁中透露出古雅的韵味。（设计／富振辉）
① 壁纸
② 白色乳胶漆
③ 柚市

▲
简洁的吊顶设计在灯带灯光的衬托下，给人干净、利落的感觉，豆胆灯的点缀，为空间增添了一份活泼。（设计／李仕鸿）
①玻化砖
②柚市饰面
③白色乳胶漆

▲
素雅的吊顶在内外两圈灯带的衬托下显得安静从容，提升了整个空间的格调。（设计／董龙、颜旭）
①柚市
②白色乳胶漆
③市板刷白漆

▲
客厅挑空，简单的木梁形成"井"字造型，再配以古典气质的装饰吊灯，整体空间清爽自然。（设计／木水）
①柚市
②白色乳胶漆
③中式挂画

◀
黑白色调的吊顶运用强烈的对比和脱俗的气息演绎时尚的风情。叶子形状的镂空装饰在时尚中注入自然的气息。（设计／林茂、巫燕丽）
①玻化砖
②艺市黑玻璃
③中纤板雕花

平行的灯带与电视背景相呼应，给人无限延伸感，配以简约的特色灯饰，营造出明快、简约、大方的空间。（设计 / 何华武）
① 木造型刷白漆
② 地砖
③ 镜面

用樱桃木制作大厅的横梁，横梁上安置小灯，不但让空间更加明亮，而且与客厅的红色水晶灯互相呼应，形成星光闪烁的景象。（设计 / 邹志雄）
① 仿古砖
② 米色乳胶漆
③ 樱桃木

吊顶用黑色调的木质通花装饰，通过色彩的冷与暖，线条与块面，坚硬与柔和之间的对比来展现空间的典雅和自由。
（设计 / 林煜毅）
① 白色乳胶漆
② 木饰面
③ 木质通花

黑白色调的吊顶，丰富视觉效果。花的凹凸造型、垂帘的点缀，营造一个简约时尚又不失独特个性和浪漫温馨的个性空间。
（设计 / 赵宇明）
① 密度板雕花
② 乳胶漆
③ 墙纸

▲
吊顶设计，块面感十足；空间中黑白搭配，和谐素雅。（设计／黄鹏霖）
① 复合市地板
② 黑色烤漆
③ 白色乳胶漆

▲
吊顶的灯槽设计成几何构成的形式，透出活泼的气息，丰富了空间的语言，使整个空间显得简单、精致。（设计／萧爱彬）
① 发光灯槽
② 白色乳胶漆
③ 壁纸

▲
吊顶上蝴蝶造型的灯槽营造出轻松的氛围，为空间增添乐趣，让人感觉舒畅。（设计／王兴）
① 玻化砖
② 白色乳胶漆
③ 硅酸钙板造型

▶
吊顶用黑白条纹壁纸饰面，曲线形的灯槽如流水一般，为空间增添一份灵动，使得整个餐厅更加亮丽优雅。（设计／萧爱彬）
① 发光灯槽
② 墙纸
③ 实市条收边

吊顶简洁、大气，搭配软包墙面和黄色的壁纸，营造低调奢华的新古典主义风格，符合豪宅的整体氛围。
（设计／李昀蓁）
① 实市线条
② 墙纸
③ 白色乳胶漆

吊顶上黑色的木结构与墙面上的门拱倒角形式结合，形成具有民族特色的装饰元素，异域风情因民族风而显得亲切。
（设计／许一峰、谭琅）
① 仿古砖
② 白色乳胶漆
③ 深色实市

用原木以井字形装饰吊顶，独具匠心，华丽的铁艺吊灯，华美妖娆，搭配墙壁的拱门造型，营造出地中海氛围的居室。
（设计／韩蓉、刘玉泉）
① 壁纸
② 市造型刷白漆
③ 炭烧市

客厅吊顶局部点缀云纹装饰，加上长形黑色烤漆玻璃，打造出时尚、典雅的空间氛围。（设计／萧爱彬）
① 云纹造型内藏灯带
② 黑色烤漆玻璃

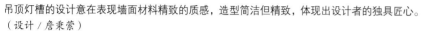

吊顶灯槽的设计意在表现墙面材料精致的质感，造型简洁但精致，体现出设计者的独具匠心。
（设计／詹秉萦）
① 复合市地板
② 镜面玻璃
③ 硅酸钙板刷白漆

吊顶少量的黑色点缀白色，经典、内敛。沙发上圆形灯发出的暖色灯光，点亮整体空间的高雅气质。
（设计／董龙、颜旭）
① 玻化砖
② 白色乳胶漆
③ 黑镜

客厅吊顶局部做成硅酸钙板下沉式设计，发光灯槽以斜拼处理，既隐藏了结构梁，也丰富了客厅表情。（设计／萧爱彬）
① 发光灯槽
② 硅酸钙板刷白漆
③ 市造型刷白漆

简单的吊顶体现了符合整个居室现代简洁的风格，灯带的灯光则营造出温馨的氛围。（设计／林煜毅）
① 雅士白大理石
② 白色乳胶
③ 市饰面刷白

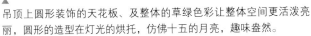

▲ 吊顶上圆形装饰的天花板、及整体的草绿色彩让整体空间更活泼亮丽，圆形的造型在灯光的烘托，仿佛十五的月亮，趣味盎然。
（设计／胡来顺）
① 灰色乳胶漆
② 绿色乳胶漆
③ 不锈钢条

▲ 餐厅吊顶利用木结构将梁隐藏起来，柔化梁带来的压迫感和分割感，木梁的黑色调使得居室气氛内敛、沉稳。（设计／王鹏）
① 白色乳胶漆
② 实市条擦色
③ 仿古砖

▲ 吊顶造型别具心裁，与电视背景墙相呼应，简洁的设计既让人感受到家的轻松休闲也创造出一种与众不同的个性。（设计／陈鹤元）
① 玻化砖
② 白色乳胶漆
③ 市饰面刷白

▶ 挑空吊顶上的白色格子造型起到很好的装饰作用，铁艺吊灯则给白色的整体氛围引入活泼的气质。（设计／王鹏）
① 市线条刷白漆
② 白色乳胶漆
③ 市饰面索色

▶ 简洁的圆形天花令空间严谨中不乏活泼浪漫，灯带中流露出的灯光也带来温馨的气氛。

（设计／王文亚）

1 橡市地板
2 茶色钢化玻璃
3 白色乳胶漆

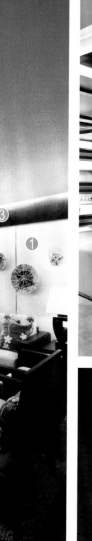

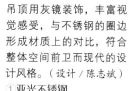

▲ 吊顶用灰镜装饰，丰富视觉感受，与不锈钢的圈边形成材质上的对比，符合整体空间前卫而现代的设计风格。（设计／陈志斌）

1 亚光不锈钢
2 灰镜
3 玻化砖

◀ 简洁的吊顶在壁纸的装点下富有内涵，与整体的简约设计风格相一致。

（设计／陈振格）

1 仿古砖
2 马赛克
3 白橡市饰面板

▲ 吊顶造型一凹一凸，一大一小，对比间活跃空间的气氛。

（设计／邓鑫）

1 大理石墙纸
2 不锈钢条
3 市饰面板

▼
吊顶的造型有趣别致，营造出一番别有的格调与风情。（设计／林煜毅）
1 泰柚饰面板
2 白色乳胶漆
3 木纹大理石

▲
方块造型的吊顶透出暖色灯光，和木纹大理石墙面一起为空间营造了浪漫的气氛，使居室趣味盎然。（设计／陈建佑、曾耀征）
1 米黄大理石
2 木饰面
3 木造型刷白漆

▲
白色的吊顶在墙壁壁纸的衬托下显非常纯洁，精美的吊灯与整体华美的风格相得益彰，充分营造出一种安逸、舒适的生活氛围。
（设计／高道繁）
1 白色乳胶漆
2 壁纸
3 实木擦色

◀
吊顶的云纹造型在柔和灯光的映衬下，越发的光彩夺目，给简洁的白色空间增添了中式的韵味。（设计／萧爱彬）
1 密度板雕云纹
2 复合木地板
3 白色乳胶漆

▼
吊顶的白色调搭配墙身的橄榄绿，使气氛清新、自然。吊顶上的花纹及特色吊灯，给整个空间增添一份浓郁的东方色彩。

（设计／郑竹晴）
1 密度板雕花
2 白色乳胶漆
3 绿色乳胶漆

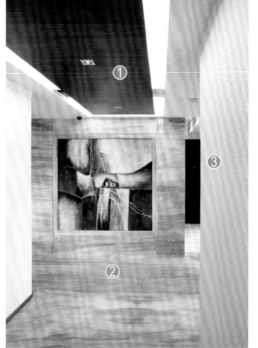

◄
木饰面的吊顶，令居室更加温馨。沉稳的色调，使空间表现层次分明，视觉效果更加饱满。

（设计／郑俊伟、郑俊雄）
1 市饰面
2 蒂娜米黄石板
3 壁纸

◄
白色的吊顶在壁纸营造的氛围中显得如此纯洁。精美的吊灯与整体华丽的风格相得益彰，充分体现了一种安逸、舒适的生活氛围。

（设计／高道繁）
1 实市混油
2 壁纸
3 仿古砖

▼
连续的正方形排列，简洁大气。不需要吊灯的装饰，筒灯和灯带一样能烘托出空间的高贵气质。

（设计／王文亚）
1 玻化砖
2 玻璃
3 白色乳胶漆

吊顶用金箔饰面搭配深色的木质花格,在灯光的映衬下,搭配空间里的配饰,打造出奢华的泰国情调。(设计 / 窦戈)
1 大理石
2 市窗花
3 白色乳胶漆

吊顶用软包装饰尽显高贵奢华,配以施华洛世奇水晶灯,气派十足,构筑出一名都市新贵梦幻般的家居空间。(设计 / 江惟)
1 实市地板
2 软包
3 墙纸

仿古砖、拱形门洞、穹形吊顶,配以彩绘雕,营造出自然欧式的家居空间。(设计 / 张虎、杨涛)
1 仿古砖
2 黄色乳胶漆
3 彩绘

圆形灯槽里发出的蓝色灯光,令空间具有闲适的特质,让整个气氛浪漫起来。
(设计 / 马汝嵩)
1 玻化砖
2 白色乳胶漆
3 市饰面

▶
吊顶上的花纹在灯光的照射下，给简约大气的空间增添了生命力。（设计／林煜毅）
1 市饰面
2 玻化砖
3 密度板雕花

▶
吊顶的云纹造型增添了空间的内涵，搭配木质花格，令居室氛围富有古典的韵味。
（设计／萧爱彬）
1 复合市地板
2 钢化玻璃
3 橡市条

▶
用木框镶嵌画装饰佛堂的吊顶，特色的画面营造出佛堂庄严的气息。
（设计／张馨）
1 浅蓝色乳胶漆
2 彩绘图案

▶
吊顶圆形造型垂下三盏吊灯，高低错落间给人柔美之感，给空间带来雅致的气质。
（设计／萧爱彬）
1 玻化砖
2 白色乳胶漆
3 水曲柳饰面

吊顶简洁的造型与室内极简主义风格相协调,吊灯营造的灯光效果更体现出空间的现代气息。(设计/陈明晨)
① 仿古砖
② 壁纸
③ 硅酸钙板刷白漆

▲
吊顶用蓝色的壁布饰面,给人安静、清新之感,令居住者在家中也能体会到大自然中的海阔天空。(设计/江浪)
① 复合市地板
② 墙布
③ 白色乳胶漆

▲
吊顶用正方形连续排列,每个正方形内设置灯带和筒灯,形式大气,灯光把整个空间照射的通亮剔透。(设计/王文亚)
① 玻化砖
② 大理石
③ 白色乳胶漆

◀
吊灯发出的淡紫色灯光,让空间清新、喜人。墙面采用木线板刷白处理,营造出欧式风格的气息。(设计/吴威震)
① 亚光砖
② 市线板刷白漆
③ 硅酸钙板吊顶

▼
黑色和红色的吊灯令简洁的吊顶不再单调,也令空间富有生机和活力。
(设计 / 刘家洋)
① 仿古砖
② 橡市
③ 青玻

▼
吊顶的造型极具设计感,吊灯时尚、大方,共同塑造出别具一格的空间个性。(设计 / 宋建文)
① 白色乳胶漆
② 抛光砖
③ 实市雕花

▶
吊顶上层叠向上的造型富有层次感,创造出丰富的视觉体验。吊灯的点缀令整个空间明亮、纯净。(设计 / 江浪)
① 实市条
② 有色乳胶漆
③ 实市地板

吊顶以简洁的设计手法诠释休闲概念，弧度打破沉静，使整个空间大气从容。（设计/奕戈）
① 硅酸钙板刷白漆
② 玻化砖

吊顶用原木装饰，搭配精致的造型和整体的风格，赋予空间古典的韵味。（设计/朱林海）
① 大理石
② 榆市
③ 白色乳胶漆

吊顶造型与地面的设计相呼应，增加空间的连贯性，打造出一个舒适、时尚的休闲空间。（设计/郭宗翰）
① 橡市饰面
② 白色乳胶漆
③ 大理石

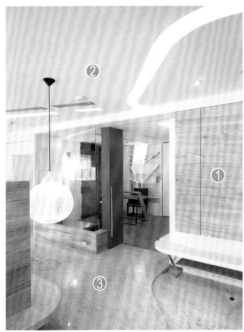

吊顶通过点、线、面的结合使空间单纯由活泼，让静的空间动了起来，同时增添空间神秘和浪漫的色彩。（设计/陈希友）
① 茶镜
② 市线条刷白漆
③ 雕花板

吊顶上的月亮及星星的造型给空间增添了童趣，加以筒灯的衬托，让人赏心悦目，如置身在夜晚的天空下。
（设计／左江涛，胡佳莹）
1 壁纸
2 白色乳胶漆
3 木饰面染色

悬于加州红木梁上的英式小吊灯、骑士时代风格的古铜龙头、新石器时代风格的黑陶洗手盆，不同风格的视觉元素共处一室，既和谐又活泼。
（设计／导火牛）
1 松木
2 有色乳胶漆
3 木饰面刷白

▲
吊顶的云纹造型在柔和灯光的映衬下，越发光彩夺目，给简洁的白色空间增添了中式的韵味。（设计／萧爱彬）
1 复合地板
2 密度板雕花
3 白色乳胶漆

原木与杉木板装饰吊顶，搭配碎花的餐椅，令气氛清新、舒适，营造出一个休闲、度假的好氛围。
（设计／杨克鹏）
1 原木
2 杉木板
3 白色乳胶漆

客厅吊顶采用实木假梁装饰，配以
铁艺吊灯、布艺沙发、仿古地砖、
打造出田园风格的客厅空间。
（设计/左江涛、胡佳莹）
① 仿古砖
② 实市条
③ 墙纸

榆木装饰的过道吊顶似
波浪起伏，增添了空间
的律动感。自然统一的
材质，令居室充满山野
自然的浪漫。
（设计/林志宁、林志锋）
① 市饰面
② 玻化砖
③ 榆市

吊顶的造型形似蜂窝，寓意家人共同打造浪漫、温馨、和谐
的居住环境。（设计/王锐）
① 白色乳胶漆
② 墙纸
③ 银镜菱形车边

吊顶上用木线条打造出菱形造型，使得整体空间舒适和宁静。
（设计/金刚）
① 仿古砖
② 米色乳胶漆
③ 市线条刷白漆

▶
扇形的灯槽设计，不仅温馨浪漫，而且非常休闲。柔和的灯光下，吊灯的典雅体现得淋漓尽致。
（设计／陈志斌）
① 大理石
② 墙纸
③ 硅酸钙板造型

吊顶的设计呼应了整体的欧式风格，水晶吊灯点缀其中，令雅致的餐厅更有情调。（设计／巫小伟）
① 大理石
② 石膏角线刷白漆
③ 罗马帘

◀
吊顶用柚木装饰，搭配特色挂画和装饰品，令空间充满东南亚的异域风情，活泼清新又高雅别致。
（设计／杨大明、冯志超）
① 实木地板
② 白色乳胶漆
③ 柚木

◀
贯穿墙面和吊顶的咖啡色壁纸，彰显出浪漫、高贵的气质，原木的运用，令居室清新、质朴。
（设计／张礼斌）
① 仿古砖
② 壁纸
③ 柚木

深色的地板材质也以不规则的凹凸造型装饰墙面和吊顶，使整个空间整体又不失生气。（设计／洪斌）
①复合市地板
②钢化玻璃
③白色乳胶漆

规则的木制吊顶使得整体空间通透扩张，彰显出主人高雅的品味。（设计／王帅）
①柚市条
②白色乳胶漆
③墙纸

黑檀木装饰吊顶，令中式味道更加浓厚，黑白对比，丰富视觉层次，斜坡的设计让中式的风格不再单调。（设计／连君曼）
①复合市地板
②黑檀市
③白色乳胶漆

▶
餐厅的天花横梁以黑色块面处理，将晶亮的吊灯衬托得更为晶莹剔透，也与黑色餐桌面产生充满趣味的对话，营造出一种质感内敛的空间气度和含蓄优雅的时尚格调。（设计／马健凯）
① 抛光砖
② 黑色烤漆玻璃
③ 市饰面板白色混油

▲
吊顶采用冷色调材质，引入光沟设计形式，并运用延续性设计手法，将黑与白的空间表现得丰富且多元，营造出充满时尚的未来感。（设计／马健凯）
① 复合市地板
② 白色乳胶漆
③ 黑色烤漆玻璃

▲
纯白的吊顶容易让人目眩，点缀以深蓝色，营造出浪漫温情的氛围，令人心胸开阔。（设计／阿峰）
① 仿古砖
② 白色乳胶漆
③ 实市染色

▶
吊顶造型令空间充满了浓郁的欧式风情，晶莹剔透的水晶吊灯，为空间注入更多的奢华和高贵。（设计／巫小伟）
① 大理石
② 镜面菱形车边
③ 白色乳胶漆

吊顶采用原木和草编墙纸装饰，增添了空间的自然气息，与整体的田园风格相协调，令居室清新、舒适。（设计／朱林海）
① 榆木
② 白色乳胶漆
③ 草编墙纸

用多层板和原木装饰的吊顶搭配精致的吊灯，与整体空间气氛相协调。（设计／左江涛、胡佳莹）
① 仿古砖
② 木饰面刷白处理
③ 柚木实木

吊顶用壁纸大面积装饰，营造出舒适、轻松的家居环境。（设计／真志松）
① 亚光砖
② 壁纸
③ 白色乳胶漆

原木装饰的吊顶体现了生活的随意和惬意，暖色灯光令人身心放松，安享这朴实的奢华。（设计／左江涛、胡佳莹）
① 柚木实木
② 仿古砖
③ 墙纸

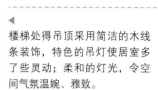
吊顶和墙面均采用杉木板刷白的设计手法，整洁、舒适。黑色的风扇式吊灯为素雅居室带来乐趣。（设计／王帅）
①仿古砖
②杉市
③风扇式吊灯

楼梯处得吊顶采用简洁的木线条装饰，特色的吊灯使居室多了些灵动；柔和的灯光，令空间气氛温婉、雅致。
（设计／张礼斌）
①黑胡桃市
②钢化玻璃
③白色乳胶漆

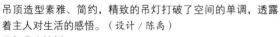

吊顶造型素雅、简约，精致的吊灯打破了空间的单调，透露着主人对生活的感悟。（设计／陈禹）
①复合市地板
②马赛克
③白色乳胶漆

餐厅白色的圆形吊顶，温馨、素雅；红色的吊灯打破了白色的纯净，简洁有力地烘托出时尚的氛围，绽放出优雅的情怀。
（设计／许健）
①硅酸钙板刷白漆
②高密度板雕花

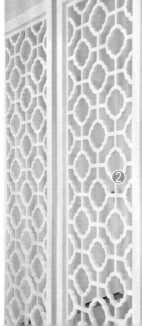

吊顶的圆形搭配十字形设计营造出个性的空间，特色的吊灯冲击人们的视觉，也足以体现主人的品位。（设计／林洁）
① 复合木地板
② 墙纸纱帘
③ 白色乳胶

餐厅吊顶上的硬包装饰搭配水晶灯使整个空间顿显豪华典雅，极具质感的装修材料传递出大都会的情怀。（设计／Thomas 、Marco）
① 玻化砖
② 墙纸
③ 硬包

过道的吊顶造型与地面的拼花相一致，素白的色调缓解了暗木色的沉重感觉。（设计／蔡烈波、张育莲）
① 柚木实木
② 茶镜雕花
③ 大理石

卧室的吊顶用弧形设计呼应了整体的欧式风格，吊灯发出的暖色系灯光，使空间温馨和谐。
（设计/陈燕）
1 复合市地板
2 软包
3 墙纸

吊顶的造型别出心裁，打造出一个简单而带有张力的空间，就像一个没加满清水的杯子。（设计/卓卫东）
1 复合市地板
2 白枫市
3 墙纸

简洁的木格造型装饰吊顶，搭配整体的中式家具，确立了空间的装修风格。（设计/汪大峰）
1 复合市地板
2 柚市格子
3 墙纸

吊顶设计上用了一点弧度，灰色的墙面搭配白色吊顶，使整个空间浑然一体又不失层次感。
（设计/品川设计）
1 大理石
2 硅酸钙板造型
3 镜面玻璃

吊顶方中有圆的设计呼应了整体装修的中式风格，与吊顶相连的通透花格，给空间增添几许文雅、古朴的气息。（设计／卓卫东）

1 橡木染色
2 墙纸
3 硅酸钙板造型

吊顶的弧形设计使纵向空间变大，精致的吊灯与整体的氛围相得益彰，一派中式风格的高雅生活风韵。（设计／谢称生、杨琴）

1 实木花格
2 复合木地板
3 墙纸

吊顶的木质花格与墙面保持一致，菱形花格透出的微微灯光将空间演绎得耐人寻味。（设计／张礼斌）

1 墙纸
2 黑胡桃木花格
3 白色乳胶漆

过道吊顶用木质花格装饰，花格采用经典的中式花样，古朴、典雅。（设计／黄海平）

1 白色乳胶漆
2 大理石
3 木花格

▶
竹子装饰吊顶，中式
氛围表现得淋漓尽
致，天然的材质，成
为餐厅一道美丽的风
景线。(设计/王严民)
①复古砖
②墙纸
③玻璃砖

吊顶的斜面延续了建筑的结构，
层叠的造型连续排列，调和了
严谨的氛围。(设计/陈榕开)
①壁纸
②市面索色
③白色乳胶漆

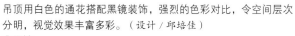

黑镜由墙面一直延伸到吊顶，
贯穿整个空间，黑与白的对比，
营造出丰富的视觉效果，令居
室极具现代感。(设计/李增辉)
①复合市地板
②黑镜
③白色乳胶漆

▲
吊顶用白色的通花搭配黑镜装饰，强烈的色彩对比，令空间层次
分明，视觉效果丰富多彩。(设计/邱培佳)
①黑镜
②中纤板通花
③抛光砖

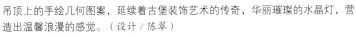

吊顶上的手绘几何图案，延续着古堡装饰艺术的传奇，华丽璀璨的水晶灯，营造出温馨浪漫的感觉。（设计／陈翠）
① 橙色乳胶漆
② 手绘图案
③ 罗马帘

华丽的装饰灯给人浪漫高雅的感觉，浅黄色调的壁纸装饰吊顶，让空间富有家的温暖。（设计／周阅）
① 大理石
② 壁纸
③ 白色乳胶

地面上豪华庄重的地拼与吊顶造型上下呼应，天花水晶灯的闪烁效果，将奢华的新古典风情演绎得淋漓尽致。
（设计／王云凌）
① 大理石
② 水晶吊灯
③ 市造型刷白漆

吊顶用松木原木装饰，质朴素雅，搭配整体的配饰将空间主调定格为英式乡村风格。
（设计／竺李佳）
① 松市原市做旧
② 浅蓝色乳胶漆
③ 壁纸

▶
弧形与线条共同演绎出吊顶的美感。
白色调与黄色调相搭配，整体空间
雅致、温馨。（设计／李海明）
① 仿古砖
② 米黄色乳胶漆
③ 布条刷白漆

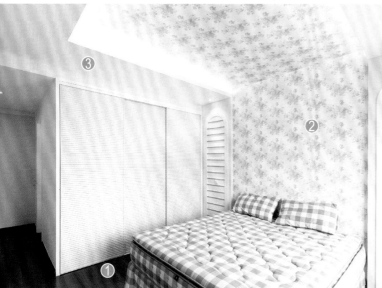

▶
吊顶的造型及壁纸装饰均延续了墙面的设计，增加了空间的连贯性；
淡蓝色碎花壁纸，营造浪漫的气氛。（设计／李海明）
① 复合地板
② 墙纸
③ 白色乳胶漆

▼
餐厅的吊顶摒弃了光怪陆离的装饰，只搭配精致的吊顶，韵味丝毫
不减，成就经典的欧式风格。（设计／李檬）
① 玻化砖
② 石膏角线刷白漆
③ 墙纸

▲
吊顶造型中四角的弧形设计与空间内的弧线相呼应，赋予空间灵动、素雅的气韵。
（设计／李海明）
① 白色乳胶漆
② 米黄色乳胶漆
③ 橡木地板

不同规格的原木构成吊顶，使整个空间弥漫生活的浪漫与自然的情调，谱写出地中海的浪漫风情。

（设计 / 肖为民）

1 仿古地砖

2 实木条

3 马赛克

吊顶上的方形层叠造型点缀吊灯，塑造出富有意味的空间。（设计 / 李清河）

1 木造型刷白漆

2 不锈钢条

3 仿木纹地砖

卧室吊顶用凹凸的木饰面拼接，原木的色调，散发着自然的气息，简洁的线条唯美、动人。

（设计 /CDD 设计团队）

1 橡木条

2 壁纸

3 白色乳胶

客厅天花由凹凸的造型元素构成，富有层次感，显得别具一格。通过清晰、简明的线条凸显主人的品味。

（设计 /CDD 设计团队）

1 复合木地板

2 木线条刷白漆

3 壁纸

白色吊顶上圆形的造型与吊灯相映成趣，让做饭成为一种惬意的享受。
（设计／吴虹仪、陈玟静）
①复合市地板
②镜面雕花
③硅酸钙板刷白漆

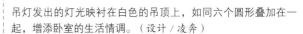

吊灯发出的灯光映衬在白色的吊顶上，如同六个圆形叠加在一起，增添卧室的生活情调。（设计／凌奔）
①复合市地板
②软包
③壁纸

吊顶不规则造型的套叠设计，营造了空间丰富的层次，特色的水晶吊顶让白色调的空间热闹起来。（设计／李檬）
①复合市地板
②白色乳胶漆
③墙纸

吊顶上圆形的空调出风口呼应了空间中其他的圆形构造，丰富了空间视觉，让人心生愉悦，品味生活的安宁。（设计／黄志达）
①市造型吊顶
②壁纸
③白色乳胶

白色木质通花装饰吊顶，为简洁的吊顶注入隽永的内涵，通过镜面的反射，使吊顶造型得以延伸。（设计／邱培佳）
1 中纤通雕
2 茶镜
3 玻化砖

吊顶的造型迎合了整体的新古典主义风格，简洁的线条呈现出一种低调、华丽、内敛的尊贵。（设计／周闯）
1 复合市地板
2 壁纸
3 白色乳胶漆

吊顶上镂空花格的造型给优雅的空间增添了情趣，从吊顶上垂下来的珠帘令居室更具现代感。
（设计／邱培佳）
1 玻化砖
2 墙低密度板雕花
3 白色乳胶漆

吊顶不规则的弧形与整体的家具的弧线设计相吻合，弧线令空间灵动、时尚，也为居室增添了几许柔情。（设计／黄俊勋）
1 亚光砖
2 市饰面
3 硅酸钙板造型

▲
吊顶上的暖色系灯光为整体的白色调空间注入了浪漫的因子，不锈钢质感的灯具凸显现代气息。（设计／黄铃芳）
① 玻化砖
② 白色乳胶漆

▲
白色的吊顶符合整体简约的现代风格，精致水晶灯融于空间简洁的白色调当中。
（设计／周闯）
① 仿古砖
② 壁纸
③ 白色乳胶漆

▶
客厅吊顶采用方与圆结合的设计，白色调与电视墙上的黑镜形成对比，打造出现代简约风格的空间。
（设计／周闯）
① 硅酸钙板造型
② 壁纸
③ 黑镜